Karl Heinz Landenberger

La pistola Mauser C96 de Churchill

Aclaraciones sobre el "Asedio de Sydney Street" del *Decamerón Londinense*

Producción y edición:
BoD – Books on Demand, Norderstedt
Copyright: 2019 Karl Heinz Landenberger
ISBN 978-3-7460-0936-0

1. Asociación sobre la historia local

En Oberndorf tenemos una asociación sobre la historia local muy activa con algo más de 100 miembros. En las reuniones, casi todo el mundo participa contando algo personal, ya sea con un recuerdo propio o con uno de familiares o parientes. El pueblito es pequeño, si bien tiene una historia interesante. No obstante, a menudo tengo la impresión de que hasta el habitante más arraigado de Oberndorf sabe demasiado poco sobre él. Aprovechando una reunión de la asociación, yo también quise hacer una pequeña aportación leyendo una historia de la colección de relatos breves de Londres, donde las armas de Oberndorf, procedentes de la fábrica de Mauser, jugaron un papel importante, y por ello guarda relación con la historia de esta localidad.

2. La pistola de Churchill

Por ejemplo, casi nadie sabe que Winston Churchill portó durante toda su vida una Mauser C96. Su madre se la regaló cuando él cumplió la mayoría de edad. Debió haber sido una mujer excepcionalmente avanzada, pues le regaló a su hijo la última novedad de aquella época, una innovación mundial y una sensación de primer nivel, ya que se trataba de la primera arma automática que salió al mercado. Esta pistola fue la lanzada en el año 1896 y, por ello, era conocida como C96. Por aquel entonces, en Alemania todavía no se le llamaba automática, sino "de autocarga".

3. Imno inglés

Dos años después, en 18... Winston, de 23 años de edad, ya pudo utilizar esta arma. Inglaterra se disponía a recuperar la colonia en Sudán, situada en el Alto Nilo, perdida 13 años atrás durante la Rebelión mahdista de 1885.

El gobierno acometió este paso una vez que un fabricante de armas inglés hubo desarrollado un arma inspirada en la pistola Mauser C96 que, si bien no era "de autocarga", como el arma de precisión de Oberndorf, sí era semiautomática. Los mahdistas disponían de una caballería compuesta por 60.000 soldados a caballo y a camello. Con sus pistolas tradicionales, los británicos no se hubieran arriesgado a ir a la guerra, pero ahora, con este nuevo fusil de asalto, la expedición británica de 8.000 hombres se presentó en la batalla de Omdurmán, en la confluencia del Nilo Blanco y Azul, para decantar de su lado la última gran batalla de caballería de la historia de la humanidad. 60.000 sudaneses, junto con sus caballos y camellos, fueron aplastados sin contemplaciones.

4. La Guerra del Nilo

Churchill, el joven periodista, recogió estos sucesos en un libro titulado *River War*, que en español se adaptó como *La Guerra del Nilo*. Además, escribió reportajes diarios para el diario inglés más importante. Acompañó a la expedición militar en calidad de periodista. Se libró de completar el servicio militar gracias a su madre, quien tenía gran influencia política. De este modo, pudo viajar con el ejército inglés como particular costeándose su viaje. Gracias a su C96, también participó en el combate como particular y con ella asesinó con orgullo a muchos sublevados.

5. Desde El Cairo hasta Ciudad del Cabo

No obstante, su viaje no había terminado con la celebración de la victoria en Jartum. Quería pasar por los territorios de Rhodesia del Norte y del Sur, hoy Zimbabue, llamados así por el hombre que los bautizó, Cecil Rhodes, quien entretanto se encontraba en Sudáfrica. Allí se habían descubierto las mayores reservas de oro del mundo en las Repúblicas bóeres de Transvaal y Estado libre Oranje. Un tercio del oro extraído hasta el momento en todo el mundo procede de allí. Y eso era algo que Cecil Rhodes no quería dejar escapar. Pero ocurrió que los bóers, colonos holandeses, querían auto explotar este oro de sus tierras y no autorizaron a Rhodes a su extracción. A sus ojos, estos era una discriminación clara hacia los extranjeros. Por motivos morales, el gobierno británico no pudo aceptarlo. Por eso Inglaterra le declaró la guerra a los bóers.

6. Lucha por la libertad los bóers

Ya que los agricultores y ganaderos no cualificados no tenían nada que hacer contra un ejército regular en una batalla abierta, los granjeros decidieron realizar actos de sabotaje durante la noche. Durante el día se ocultaban en las zonas que conocían bien. Finalmente, la Reina Victoria de Inglaterra tuvo que enviar a 450.000 soldados bajo el mando del General Kitchener para que ayudaran al gran aventurero Cecil Rhodes.

7. El periodista mejor pagado del mundo

Churchill estaba en esa partida y se prestó rápidamente a participar en la batalla. Incluso terminó cautivo, pero luego logró escapar de un modo espectacular. Escribió que había dejado en su celda una carta a "Ohm Krüger", el legendario líder de los bóers, donde se disculpaba por haber finalizado su cautiverio sin pedir permiso. Esta huida la adornó de manera sensacional en sus reportajes periodísticos. Se lo creyeron todo y, por ello, fue elogiado como **el héroe** de la guerra de los bóers. A los 25 años era el periodista mejor pagado el mundo, con unos honorarios por línea de una libra. Su C96 le salvó la vida en muchas ocasiones cuando tuvo que cruzar determinadas zonas habitadas por depredadores y leones.

8. Made in Germany

La elevada estima que tenía por su pistola Mauser se hace más notoria si se tiene en cuenta que él odiaba a los alemanes como el que más. Para él era impensable pronunciar siquiera la palabra "German" (alemán). Los alemanes eran para él "hunos" o "bestias". Siempre eran una competencia para la industria inglesa. En un primer momento, los ingleses se colocaron a la cabeza de la industrialización. Fueron los primeros en descubrir la máquina de vapor y la primera locomotora. Pero los alemanes pronto los superaron. Entonces, para que un inglés no comprara productos alemanes, todos los artículos germanos debían indicar que habían sido fabricados en Alemania; no solo con la inscripción en alemán de "Hergestellt in Deutschland", sino también en inglés, "Made in Germany", para que los consumidores ingleses también lo entendieran. Si el producto no disponía de esta inscripción, no podría importarse.

Sin embargo, aquello que al principio se entendió como un boicot, luego acabó jugando en contra. Puesto que la calidad de los productos alemanes era tan buena, las amas de casa inglesas en particular buscaban siempre el sello de calidad "Made in Germany". Que entonces Churchill fuera fiel durante toda su vida a su C96, "Made in Oberndorf", resulta sorprendente.

9. Fuente del relato "Asedio de Sydney Street"

Después de estas observaciones iniciales, quería llegar lentamente a la lectura del relato del Decamerón Londinense. Pero primero quisiera explicar dónde encontré ese relato. En realidad, fue una cuestión de azar. En Londres, los espacios en donde Churchill se atrincheró durante la Segunda Guerra Mundial y desde donde dirigió el transcurso de esta se han abierto al público. Son las "War rooms" o habitaciones de guerra. Un término sencillo en comparación con los otorgados por Hitler, como el Cuartel General del Führer y la Guarida del lobo. Estas instalaciones se encuentran en frente del Big Ben y del Parlamento de Westminster, en la Tesorería (Treasury). La entrada se sitúa en la parte trasera del James' Park. Desde allí se ve el Buckingham Palace. Contra las bombas de la fuerza aérea alemana bastó con colocar una capa de 3 m de grosor de hormigón armado entre la planta baja y el primer sótano. Aún más abajo se encontraban las salas destinadas a Churchill y a su gabinete de guerra, además de las habitaciones privadas: una cocina pequeña, donde se cocinaba solo para él, un pequeño dormitorio con una cama (su mujer Clementine debía quedarse en su casa particular de Chartwell), la habitación de los mapas, etc. Especialmente importante era la habitación del teléfono trasatlántico de alto secreto (Telephon Room), oculta simulando un retrete, la cual le ponía en conexión directa con Franklin D. Roosevelt.

10. La biografía de Churchill

Adscrito a estas salas oficiales y privadas se encuentra un museo pequeño donde hay una instalación única. Si mal no recuerdo, se llama "Line of Life", lo cual podría traducirse como biografía. Una mesa de 15 metros con forma de herradura y provista de pantalla táctil documenta día tras día, desde el día de su nacimiento y hasta su fallecimiento, sus 90 años de vida; cada uno de estos 90 años se documenta con sus 365 días, los cuales se describen mediante documentos relativos a Churchill en la prensa, fotos y películas de todo el mundo. Un toque con el dedo en una fecha concreta reproduce todos los documentos asignados a ese día en una gran pantalla. Creo que en ningún otro lugar del mundo se han hecho tantos esfuerzos como los hechos aquí por Churchill. Varios meses serían insuficientes para poder acceder a una pequeña parte de este material. Allí fue donde encontré varias historias del Decamerón Londinense. El "Asedio de Sydney Street" fue un descubrimiento casual. Era, al parecer, el último artículo de una larga batalla en la prensa: el colofón, por llamarlo de alguna manera. Como resultado se podía deducir que no había sido para tanto, que había habido "mucho ruido y pocas nueces". Dos tunantes inofensivos habían intentado robar una joyería sin ningún propósito terrorista. Todo el pánico había infundado. Ese había sido el veredicto final de la prensa de masas.

11. Decamerón

También quise explicar brevemente el título de los relatos londinenses. *Deca* significa 10. Boccacio, que en el año 1300 creó su *Decamerón*, ayudó a huir a 10 jóvenes nobles de Florencia, donde se había desatado la peste, para salvarse de la epidemia. Juntos se marchan a una casa de campo fuera de la ciudad que pertenecía a uno de ellos y evitan cualquier tipo de contacto con otras personas. Para no aburrirse, deciden que cada uno de ellos contaría una historia cada día. En total estuvieron allí 10 días. Eso hace un total de 10 historias por 10 días. Novelas, como las llama el autor, que aportan conversación y entretenimiento. Los relatos londinenses también se distribuyen en 10 días y hay 10 personas diferentes que las cuentan. No obstante, en este caso no se cumple la geometría regular: unos cuentan más historias y otros menos. La primera parte abarca los primeros 5 días. La segunda parte incluye los días del 6 al 8. La tercera parte se publicará el próximo año y en ella aparecen las historias de los días 9 y 10.

12. Lectura

A continuación, incluyo el texto de los relatos leídos:

blow up

Abrimos el archivo para contar una pequeña historia. Sobre el asedio (blow up) de Sydney Street. Por aquel entonces, Churchill ostentaba el cargo de Ministro de Interior y su ministerio no quedaba muy lejos de la Sydney Street. Cuando escuchó disparos, fue corriendo inmediatamente hasta el lugar del que procedían. Ý él no podía quedarse mirando los tiroteos, tenía que participar.

Pistola Mauser

Por su mayoría de edad, su madre le regaló una pistola Mauser. Un regalo con mucho significado para un joven. Hubiera sido bonito que también las madres alemanas hubieran tomado esa costumbre. Churchill siempre llevaba consigo la pistola, durante toda su vida, y tenía tantos recuerdos sobre los enemigos abatidos que no quería cambiarla, ni siquiera cuando salió al mercado una versión mejorada.

El ejemplar original se ha convertido en un arma de culto y se puede adquirir en distintas fábricas de armas. Su precio oscila entre los 99 y los 300 dólares.

Sydney street

En esta calle, dos asaltantes con pistolas entraron en una joyería y comenzaron a disparar cuando el establecimiento fue rodeado por la policía. En ese momento Churchill se incorporó y devolvió los disparos desde la calle y, por ello, los dos ladrones se dieron cuenta finalmente de que no tenían ninguna opción de escapar. Por eso prendieron fuego al edificio, pues consideraban que el barullo de las ambulancias y los camiones de bomberos podría darles una oportunidad para escapar. Pero Churchill, Ministro de Interior, prohibió sofocar el fuego a los bomberos, dejando así que el edificio se quemara hasta sus cimientos. Luego, cuando se adentraron en los escombros, se encontró a los dos asaltantes en el sótano más bajo, sentados de cuclillas y completamente calcinados.

El Jinete de Fuego

Quizás alguien conoce la poesía de Mörike llamada *Der Feuerreiter* (El Jinete de Fuego). Este está apoyado en su caballo y en la pared hasta que alguien le toca. Entonces dice: "Husch, da fiel's in Asche ab" (Vaya, se va a reducir a cenizas). Igual que les ocurrió a esos dos. Churchill también dio la orden de transportarlos a la cámara de los horrores como ejemplo ejemplarizante; así quedaba claro que nadie debía quemar una casa con gente dentro pues, de lo contrario, acabarían convertidos en cenizas. No quedó más remedio que recoger a los dos bandidos con una escoba.

Crítica

El papel que Churchill jugó como Ministro de Interior en esta acción fue muy criticado.

Por un lado, uno no va pegando tiros, así como así y, por otro, un incendio debe sofocarse, porque tampoco se puede calcinar a los ladrones sin más.

Ante esto, Churchill respondió que todo eran calumnias y que no había estado presente en ese asalto. Alego haberse enterado por la prensa.

Pero como por aquel entonces ya existían las cámaras fotográficas y se pudo reconocer en primera fila a Churchill en una foto que un periódico publicó, no le quedó otra que retractarse y decir: "Está claro que, ante un hecho criminal como este, un Ministro de Interior debe estar presente en primera línea".

Falsa alarma

Al principio se creía que el asalto tenía alguna relación terrorista, pero pronto se desactivó la alarma. Ambos ladrones eran dos pillos normales y corrientes. Todo el revuelo se había desatado en vano.

13. Reacción de la audiencia

Tras la lectura de un relato debe seguir, a mi parecer, una conversión sobre lo que se ha leído. O al menos se deberían hacer preguntas sobre extractos que no se hayan entendido en su totalidad o en parte. Pero eso no sucedió. La generación mayor se conformó, como había ocurrido anteriormente, con una escucha pasiva, a menudo interrumpida por una sonrisa aprobatoria o por un asentimiento con la cabeza.

14. Aclaraciones

Así que añadí una observación interpretativa propia. Primero sobre el título, "Blow up". Oficialmente se conoce como "Asedio en la Sydney Street" o también "La batalla de Stepney". Stepney es el nombre del barrio londinense donde se encuentra la Sydney Street. Así han trasladado también el título los traductores. Yo mismo debo admitir que no pensé más allá sobre ello, sino que simplemente tomé el título del artículo de periódico que había pulsado por casualidad en la pantalla táctil de la "Line of Life". Por cosas del destino, esa fue la última publicación fuente de un revuelo mediático que duró semanas. Se considera el informe final, donde se expone que todo estaba simplemente "blow up", es decir, "inflado, exagerado, sobredimensionado". Lo que en 1911 se conocía como "blow up" podríamos denominarlo hoy como una hipérbole gigante. La prensa de Mainstreet tuvo que rectificar lo que periodistas alarmados representaron como un ataque que ponía en peligro la nación con trasfondo terrorista.

Creo que hoy en día existe un paralelismo con esta situación.

15. Era digital

Entretanto ha llegado la era digital, y es algo que celebro, pues hoy en día nos ofrece posibilidades que unos años atrás ni siquiera podríamos haber imaginado. Así, he podido recibir mensajes de conocidos por correo electrónico, WhatsApp, Twitter o Facebook que han leído el *Decamerón Londinense* y que querían expresar su opinión. Seguro que no se hubieran tomado la molestia de hacerlo si tuvieran que escribir una carta o llamar por teléfono.

16. Fecha errónea

Seré breve. Un amigo me ha corregido. Churchill no recibió la pistola al cumplir 18 años. Hoy, la mayoría de edad se marca a los 18 años, pero en aquella época estaba establecida en los 21 años. Tal y como indica la inscripción C96, la pistola salió al mercado en 1896. En ese momento Churchill ya tenía 21 años.

17. Otras correcciones

Llegaron más correcciones. Me alegro de todas y cada una de ellas, pues esto significa que se ha puesto atención en la lectura. Todas las correcciones enriquecen el texto. Por ello, en la segunda parte de los relatos londinenses hice un balance intermedio a modo de prólogo donde incluí algunas cartas de lectores. Ya que estos relatos breves no tienen ningún trabajo de investigación histórica ni científica detrás, sino que más bien se tratan de una obra literaria, la "licencia poética" sirve como excusa ante cualquier divergencia y adorno fantástico.

18. Granujas sin nombre

Me gustaría profundizar más en una nota concreta de un conocido, en la cual se refería especialmente al relato que yo había leído en voz alta. Los sucesos de la Sydney Street no fueron solamente una batalla exagerada por la prensa. Ambos ladrones calcinados en el sótano del edificio número 100 de la Sydney Street no solo tenían nombre propio, también eran miembros reconocidos, desde hacía años, de la famosa Banda Piatkov. Eran las cenizas de Fritz Schwarz y Josef Sokolow las que habían sido recogidas con una escoba.

19. La Banda Piatkov

Se trataba de un grupo de anarquistas letones que entre 1905 y 1907 planearon hacer estallar una revolución y asesinar al Zar en San Petersburgo, la por entonces capital de Rusia y residencia del Zar en su Palacio de Invierno. Pero ni los atentados ni las luchas callejeras tuvieron éxito. El Zar logró imponerse finalmente el 16 de junio de 1907, por lo que tuvieron que huir y llegaron a Londres como refugiados.

20. ¿Por qué Londres?

Muy fácil. El servicio secreto inglés había entrenado a estos anarquistas a manejar las armas para el campo de batalla y los había enviado a San Petersburgo con dinero. Inglaterra quería debilitar el imperio de los zares y, si se podía, terminar con él. Al mismo tiempo, los japoneses declararon la guerra a Rusia en Extremo Oriente. Contaban con tal equipación de armas y financiación que el Zar tuvo que asumir una derrota catastrófica perdiendo la totalidad de su flota en el pacífico.

21. Lenin y Stalin

Hubo otros grupos que también llegaron a Londres: anarquistas, comunistas, socialistas revolucionarios... porque en Londres esperaban encontrar apoyo. Lenin y Stalin también permanecieron en Londres durante mucho tiempo. También se sabe que Marx pasó sus últimos años de vida en Londres y que allí escribió su obra principal, *El capital*. La sede del comunismo internacional era Londres. La central de la Internacional Comunista probablemente costeó la manutención de Marx y su familia numerosa durante años. Esta central estaba patrocinada por influyentes francmasones, como el Barón Rothschild.

22. Delitos de robo violentos

Pero también está claro que los revolucionarios no estaban satisfechos con las cantidades de dinero que se les asignaban. Como defensores de una sociedad sin clases, no les resultó difícil llevar a cabo sus máximas aspiraciones incluso en su país de acogida. Entre estas acciones se incluía la expropiación de los expropiadores, es decir, llevar a cabo robos violentos, pues "la propiedad es robo", por lo que los propietarios debían sufrir una expropiación de sus bienes.

23. Tottenham

Uno de los asaltos más espectaculares se produjo el 23 de enero de 1909 en Tottenham. Allí asaltaron un furgón blindado que recogía los honorarios del banco. El balance tras la persecución de los autores por un recorrido de varios kilómetros fue de dos muertos y 27 heridos.

24. Houndsditch

Allí alquilaron una vivienda, directamente al lado de una joyería. Hicieron un agujero en la pared para llegar al edificio contiguo. El ruido generado por la perforación del muro de piedra llevó a que se produjera un aviso a la policía. El primer policía que llegó fue tiroteado en el acto. Un segundo policía también murió con el fuego cruzado. Todos los miembros de la banda pudieron escapar de la policía. Todos ellos tenían una pistola Mauser C96.

25. Indignación

La indignación por los dos policías fallecidos era tan grande entre la población que tuvo que organizarse una búsqueda y captura. Varios miembros de la banda fueron atrapados. Pese a ello, quedaron de nuevo en libertad porque no se podía determinar de qué pistolas procedían los disparos que alcanzaron a los policías.

26. Acto de estado

No obstante, ambos policías asesinados fueron homenajeados en un acto de estado oficial al que asistió el Ministro de Interior y Responsable de la policía secreta, Sir Winston Churchill. Incluso le acompañó su mujer, Clementine.

27. Asedio en Sydney Street

Todos estos acontecimientos se produjeron antes del asedio en Sydney Street, así que el Ministro de Interior y responsable de la seguridad, Winston Churchill, sabía perfectamente con quién estaba tratando cuando le comunicaron que la Banda Piatkow se había atrincherado en el número 100 de la Sydney Street.

28. Lista de nombres

El núcleo militante de la banda estaba formado por: Jakob Vogel (también conocido como Hans Sprohe y luego como Josef Sokolow), Fritz Schwarz, Georg Gardstein, Luba Milstein, Jakob Peters, Max Schmoller (también conocido como Josef Lewi), y el más importante, Peter Piatkow. Como cada uno tenía varias identidades, usadas como "coartadas", no se pudo determinar con exactitud el tamaño del grupo.

29. Inicio de la acción

El 3 de enero de 1922 a las 2 de la madrugada, 200 oficiales de policía rodearon el bloque de viviendas. A las 6 de la mañana comenzó el intercambio de disparos. Todos los ladrones contaban con pistolas Mauser C96 y la superioridad armamentística de los asediados en comparación con la policía inglesa quedó patente rápidamente. Los ladrones disparaban sin cesar con sus pistolas automáticas, mientras que los ingleses tenían que cargar el arma después de cada disparo. Por ello, el jefe de policía solicitó un apoyo rápido del ejército. Las tropas especiales de la Guardia Escocesa, situada en la Torre, llegaron como refuerzo; no obstante, ni siquiera ellas pudieron asaltar el edificio.

30. Fuego

A la hora del almuerzo se desató un incendio en el piso superior, el cual se extendió lentamente hacia el piso inferior. Churchill, que dirigía el dispositivo, prohibió que el servicio de bomberos extinguiera el fuego. Solamente debía evitar que el fuego se propagara a los edificios contiguos. Iban a esperar pacientemente hasta que el fuego llegara a la planta baja, cuyo techo acabó derrumbándose.

31. Crítica

El papel que Churchill jugó en este acontecimiento confirmó el apodo otorgado por la opinión pública: el "ministro del escándalo". Balfour, el jefe del partido conservador, le acusó de haberse comportado de manera indigna al participar en una batalla callejera en calidad de ministro y, por si fuera poco, con las cámaras del noticiario británico presentes.

32. Doctrina Balfour

Balfour logró que EE. UU. se posicionase en la guerra contra Alemania con su doctrina Balfour. Después de que en la batalla del Somme 300.000 británicos cayeran y de que Inglaterra estuviera virtualmente derrotada, Bernard Baruch prometió que si EE. UU. declaraba la guerra al emperador alemán, en contraprestación autorizaría a los judíos a fundar su estado judío en la Tierra Santa, Palestina.
Esa era una promesa increíble, pues Palestina no estaba controlada por Inglaterra. Formaba parte del Imperio Otomano y primero había que arrebatársela al sultán turco. Tres días después del contrato con Baruch, los primeros barcos de guerra ingleses llegaron a Jaffa para tomar militarmente la zona.

33. Nuevas armas para la policía de Londres

La visible inferioridad de las armas inglesas tradicionales llevó a un reequipamiento completo de la policía de Londres. Por supuesto, no se optó por comprar Mauser, pues el orgullo inglés no se lo habría permitido. El fabricante de armas Wembley creó una semiautomática a imagen y semejanza del arma alemana para la policía de Londres.

34. Reestructuración

No obstante, parece que con este despliegue a gran escala se produjeron más muertos, además de los dos cadáveres encontrados en el bando de los ladrones. Sin embargo, muchos sobrevivieron y, hacia el final de la Primera Guerra Mundial, el servicio secreto inglés los equipó y financió de nuevo para enviarlos a San Petersburgo y apoyar a Lenin y Stalin en la Revolución de Octubre.

35. ¿Por qué no se extinguió el fuego?

¿Por qué Churchill impidió que se apagara el incendio? Por un lado, esto permitiría que los bandidos fueran derrotados del modo más sencillo. Churchill, como Ministro de Interior y responsable de la policía secreta, conocía a cada uno de sus miembros por nombre propio. Un proceso judicial contra los bandidos hubiera supuesto grandes problemas para la justicia británica, pues en realidad ellos eran empleados del servicio secreto británico. Por otro lado, el incendio era una solución más práctica para eliminar cualquier prueba. La edificación en el número 100 había sido el cuartel principal de la banda durante mucho tiempo. La colaboración de la banda con el servicio secreto inglés no hubiera sido aceptada por la mayor parte del pueblo inglés.

36. Éxito tardío

Jakob Peters, miembro de la Banda Piatkow, quien pudo escapar al asedio de Sydney Street, fue declarado inocente, al igual que sus 5 compañeros de banda, pues no se pudo probar que hubiera estado presente en ese momento en el número 100 de la Sydney Street. Peters se convirtió en 1917 en jefe de la infame policía secreta soviética, la Checa. Todos los bolcheviques permanecieron fieles a su Mauser C96. Esta arma era indispensable para ellos. Se puede afirmar con seguridad que Lenin y Stalin también portaron este modelo.

37. Mayakovski

Es el gran poeta de la Revolución de Octubre. Reconoció la importancia de esta arma en un poema:

> ¡Enderecen la marcha!
> Para palabrerías no hay sitio.
> ¡Silencio, oradores!
> Es suya
> la palabra,
> camarada máuser.[1]

Quien no conozca a Mayakovski debería leer su comedia *La Chinche*.

---

[1] Tomado del poema *Marcha izquierda (A los marinos)* en la traducción de Alfredo Gurza. *Mayakovski Selección, traducción y nota introductoria de Alfredo Gurza*. Universidad Nacional Autónoma de México, Coordinación de Difusión Cultural, Dirección de Literatura, 1990.

38. Fidel Feederle

Pero de entre todos los elogios y el reconocimiento mundial de la Mauser C96, siempre se olvida al inventor de esta novedad sensacional en la tecnología armamentística. Fue un ingeniero de Mauser. Incluso los habitantes más ancianos de Oberndorf no saben que esta pistola realmente debía haberse llamado Fidel Feederle. Este recibió la ayuda de sus dos hermanos pequeños para desarrollar esta arma con un cargador de 6/10/20 cartuchos.

39. Lápida en el cementerio

Al menos hay una calle en Oberndorf que lleva su nombre y, además, la austera tumba no se ha retirado desde que falleció en 1930.

40. Su hijo

Cuando llegué a Oberndorf, en 1970, su hijo era subdirector de escuela. En 1971 por fin se pudo celebrar la prueba de acceso a la universidad en Oberndorf y el Centro de enseñanza media se convirtió en el Instituto de secundaria Rosenberg. El señor Feederle era uno de los compañeros más apreciados. Trabajó mucho como voluntario en Oberndorf y dirigió, por ejemplo, el museo local durante años. Por desgracia, tras su jubilación no vivió mucho más. Está enterrado junto a la tumba de su padre. A la antigua tumba se ha añadido solamente su nombre.

41. Historia de la ciudad

La honorable tarea de la Asociación de historia local es mantener vivo el recuerdo de la historia de la ciudad y de las personas que han ayudado a darle forma con su esfuerzo y su espíritu innovador. Espero que con esta contribución pueda haber colaborado un poco con la causa. Fidel Feederle es realmente un inventor de nivel internacional, y eso no debemos olvidarlo.

42. Observación posterior

"El asedio de Sydney Street" o "La batalla de Stepney", como se conoce popularmente, todavía se revuelve en las conciencias, pues se cree que Churchill estaba tratando de ocultar algo.

43. Adaptación cinematográfica

En 1934, Alfred Hitchcock grabó una película para la ocasión bajo el título *El hombre que sabía demasiado*. En 1956 volvió a realizar otra adaptación del material.
Monty Berman dirigió el largometraje de 1960 titulado *The Siege of Sidney Street*.

44. Libros

En 1981 se publicó en Londres un libro de Colin Rogers: *The Battle of Stepney: The Sidney Street Siege, its Causes and Consequences*.
Donald Rumbelow escribió en 1988 otro libro: *The Houndsditch murders and the Siege of Sidney Street*.
Está claro que los londinenses no están del todo satisfechos con el aparente encubrimiento de estos asuntos.

45. Observaciones finales

Esta "tolerancia" y "maquillaje" de hechos delictivos que eran punibles en el país de acogida nos recuerdan a la situación actual. Los "luchadores de la libertad" sirios que lucharon contra Assad recibieron un derecho de asilo preferente en Alemania. Se consideran perseguidos políticos. Si han participado en asesinatos y torturas, se arriesgan a ser juzgados y probablemente condenados en caso de que regresen. Por ello, muchos sirios ocultan actos delictivos para garantizar su estancia en Alemania. Hasta aquí, bien. Pero si cometieran actos delictivos en Alemania, la justicia tendría grandes problemas, porque la opinión pública exigiría una condena, si bien los tribunales alemanes no están legitimados para procesar a empleados de la CIA estadounidense.